DESCENTE

DE

LA DUBARRY

AUX ENFERS,

Sa réception à la cour de Pluton par la femme Capet, devenue la furie favorite de Proserpine.

CAQUETAGE ENTRE CES DEUX CATINS.

La Capet à la Dubarry. Mais je n'en reviens pas. Comment! est-ce bien toi que je vois descendre aussi dans cette cour la tête sous le bras? Etois-tu devenue reine de France?

La Dubarry. Non, madame, ce ne fut point par ce titre que je ressemblai à votre majesté; mais j'étois catin presqu'autant qu'elle, et comme vous, sans pudeur, je dilapidai le trésor public. — Des magistrats créés par le peuple, et qui s'avisent pour cette fois, de prendre réellemen, tout de bon ses intérêts , se sont permis de le trouver si mauvais , qu'ils m'ont condamnée à passer par le plat à barbe à vilain. Ce terrible moulin à silence ne m'a pas plus épargnée que votre majesté, et me voici, comme elle, sans tête ; mais ce n'a jamais été par-là que j'ai fait fortune.

La Capet. Es-tu bien pénétrée au moins de l'infâme scélératesse de ces détestables juges ? Quelle différence de ces dégoûtans et incorruptibles sans-culottes , qui frappent indifféremment et la cour et la ville, à nos charmans présidens et conseillers de parlemens , à ces magistrats miéleux, musqués et galans, qui étoient toujours aux pieds et aux ordres des jolies femmes, et qui ne savoient prononcer un arrêt de mort, que quand il devoit tomber sur la canaille ? -- Alors ils n'y regargardoient pas de si près , et cela étoit en effet tout simple ; car que nous importoit à nous que cette espèce pérît sous le bâton, sur l'échafaud, ou mourût de faim ? bien sûrement cela ne troubloit en rien nos plaisirs, et la misère du peuple ne m'a jamais fait perdre un instant la mesure, quand je figurais dans ma danse favorite les tricotais d'Henri IV.

La Dubarry. Elle m'a aussi assez peu inquiétée. Je l'avoue, c'est ce qui fait que je ne c...çois plus rien au goût du siècle ;

(3)

ils sont en vérité devenus fous. — Main-
tenant, non-seulement le peuple est quelque chose, mais il est tout : ils l'appellent
souverain , et ce souverain ne badine pas :
il n'entend ni être joué , ni trahi , ni
volé. Il n'est pas même comme les autres;
car il ne permet pas qu'on le flatte : en
vérité le séjour là-haut est très-embarras-
sant : il n'est d'honneur plus tenable pour
les intrigans. — Nous allons les voir arriver ici en foule.

La Capet. A-propos de cela , dis-moi
un peu ce que c'est que ces vingt-deux
hommes , qui nous sont arrivés ces jours
passés. — Ils ne m'avoient pas l'air de gens
de la cour — Je ne leur ai point parlé.

La Dubarry. C'étoit bien pis que cela ,
s'ils avoient été des courtisans , qu'ils eus-
sent trahi , cela n'eût étonné personne :
mais c'étoient des plébéïens , ou censés tels ,
choisis par le peuple , honorés de sa con-
fiance : voilà ce qui l'a indigné.

La Capet. Ce polisson d'Orléans en
étoit-il ?

La Dubarry. Non , madame , il n'ar-
riva pas de Marseille assez à temps pour
cette fournée ; mais peu de jours après, il
a dû vous arriver avec un de ses collègues,
nommé Coustard.

La Capet. En voilà la première nouvelle : il aura sans doute fait son entrée
ici incognito , comme il visitoit autrefois

les b--dels de Paris à l'époque où il cher-
choit pour son beau-frere Lambale : cette
maladie qui l'en débarrassa assez à-pro-
pos, pour que mourant sans héritier, il
se trouvât placé à leurs droits.-- C'étoit en
vérité un maussade scélérat en tout, que
ce seigneur *égalité* qui n'eut point son égal.
-- Son but à lui étoit tout simplement de
faire mettre à notre place sur le trône un
des fils du roi n'Angleterre, en lui faisant
épouser sa fille.-- La Sillery n'étoit allée à
Londres avec elle, que pour mieux réussir
à amorcer son chaland.

La Dubarry. Je l'ai assez connue dans
le monde pour la juger infiniment pro-
pre à ce genre de négociation, et elle
commençoit à être dans l'âge où s'en oc-
cupent les femmes qui ont vécu comme
elle. --- Mais, madame, j'ai répondu jusqu'à ce moment, à toutes les questions
dont votre majesté a daigné m'honorer,
ne puis-je à mon tour obtenir la liberté de
lui en faire une ?

La Capet. J'y consens ; --- et que cela
soit court.

La Dubarry. Cossé-Brissac est-il ici ? et
son charmant aide-de-camp, Montsabré,
qui me faisait oublier avec tant de délices
les sermens que m'arrachoit l'or de son
vieux maître, y est il aussi venu ? Il a dû,
au reste, y arriver, fait comme cinq cents
diables, comme un second baroco, car il

partit, pour le grand voyage, par une cheminée de l'Abbaye, où il fut se cacher à l'époque de l'aventure des prisons.

La Capet. Ils y sont tous deux, et sont arrivés, m'a-t-on dit, presqu'ensemble : --- je n'y étois pas encore.

La Dubarry. Ah ! je respire. --- Alors, il n'y a plus d'enfer pour moi ; -- voilà mon tempéramment à l'abri de la disette et du vuide, que j'avois si cruellement redouté pour lui dans ce séjour.

La Capet. Mais, mais, fi donc ! qu'entend-je ? n'étois-tu pas certaine de me trouver au besoin ? -- As-tu déjà pu oublier que ma célébrité, en libertinage, fût égale pour l'un et l'autre sexe ? -- Tu vas remplacer ma Polignac. --- Je vois déjà en toi ma tendre Jules ; --- deviens carressante comme elle : --- Tiens, baise moi.

La Dubarry. Je suis infiniment sensible, madame, à l'excès de votre courtoisie. -- La nature, en m'organisant, n'a sans doute point permis que mon imagination, qui ne fût cependant jamais des plus chastes, put s'exalter assez haut, pour tromper mes sens : -- ils ont sans doute été gâtés par l'habitude de vigoureuses et fréquentes vérités, et l'erreur ne sauroit y suppléer ; c'est ce qui a fait que ma réputation sur ce point, ne fut jamais effleurée ; mais je rends toujours mille graces à votre majesté de son zèle officieux.

La Capet. Tu sens bien encore la cour

d'un vieux libertin à qui tu avois établi des légions de suppléans , et l'on devine à vue que ne vécu pas à celle d'une femme. -- J'avois monté la mienne sur un ton, qui, doublant les jouissances, multiplioit à l'infini les desirs. -- Le sentier de la vie ne doit-il pas pour, une reine, être couvert de tous les genres de plaisirs, et semé de routes les espèces de fleurs? -- Si elles sont arrosées des larmes et du sang du peuple. -- Hé ! qu'importe à la félicité de celle qui ne doit voir en lui qu'un troupeau de vils esclaves jettés au monde pour ses meurs plaisirs. -- Telle étoit à moi ma philosophie. -- Mais brisons sur ces délicieux souvenirs et continue à me donner des nouvelles de la France. -- Les enragés. ils croient avoir tout fait parce qu'ils ont abattu le le trône ; mais l'autel leur reste , et tant qu'il subsistera, l'espoir triomphera de mes craintes. -- La vertu et le crédit de leurs décrets ira toujours se briser contre les préjugés antiques de la religion, semblable victoire ne sauroit être que l'œuvre du tems, et on ne le leur donnera pas, je l'espère.

La Dubarry, Ah ! madame, quelle erreur est la vôtre! je la partageai long-tems, je voudrais encore le pouvoir faire; mais j'ai été forcée de me rendre à l'évidence. -- Figurez-vous que ce grand ouvrage, que vous considérez comme celui de plusieurs siècles, n'a été que l'affaire du moment;

(7)

je peuple éclairé par-tout, n'ayant plus
à s'occuper de la couronne, a frappé du
flambeau de la vérité tous les cultes : aucun
n'est proscrit parce que l'homme est libre ;
mais les ministres de tous, sans exception,
se voyant démasqués, se pressent en foule
pour venir avouer leur turpitude et leurs
principes. — Dans ce moment en France,
la passion de la liberté et l'amour de la patrie, fondus ensemble, est le seul culte.—
Les églises sont devenues des temples de
morale, l'on n'y célèbre d'autres fêtes que
celles des vertus.— Il n'y a plus de prêtres,
le peuple ne reconnoit que ses magistrats
pour vrais pontifes.

La Capet Qu'ai-je entendu : si cela est
tout est perdu, voila la question décidée.—
Je ne présume plus aucun moyen d'y metre
obstacle, car je t'avouerai ici que je sais per-
tinament que les puissances coalisées sont
désolées de s'être enfournées dans cette
guerre, d'où elles ne pourront désormais
se tirer avec honneur.— Elles sont épuisées
et d'hommes et d'argent : d'ailleurs l'intérêt
qui dirige chaque cabinet ne pouvant cons-
tament être le même, cette coalition ne peut
durer encore long-tems : le plus adroit des
souverains, ou le mieux conseillé, s'en dé-
tachera le premier et se fera un allié de la
république : je crains fort que ce soit ainsi,
et bientôt, que le roi de Prusse n'abandonne
mon neveu, si cela arrivoit, il seroit perdu.—

Mais la Vendée , tu ne m'en parles pas.

La Dubarry. Je n'en ai garde , madame, elle n'existe plus.

La Capet. Comment ce terrible noyau contre - révolutionnaire n'existe déjà plus ? mais ce peuple français a donc résolu de voler de victoires et victoires, et de marcher de miracles en miracles ; je ne m'étonne plus qu'il perde sa considération pour ceux de ses saints, il en fait tous les jours de bien plus étonnans et de bien plus réels, que ceux que nous offrent toutes les légendes du monde.--Cependant cette nouvelle dont tu viens de m'accabler, est-t-elle bien constante ? Il nous arrive ici tous les jours des prêtres et des chefs de cette armée, et ils n'ont pas parû encore sans espoir.

La Dubarry. Alors, c'est une fole ou feinte espérance ; car comme j'ai eû l'honneur de le dire à votre majesté, il n'y a plus d'armée catholique dans la Vendée, elle a été taillée en pièces , et le peu qui s'en est échappé , composé d'un tiers de femmes , d'un autre tiers de prêtres et de blessés , a évacué la Vendée , et est érrant, vagabond et ne vivant que de pillages, ils se sont portés du côté des limites de la ci-devant province de Bretagne, où ils vont touver infaliblement leur tombeau par les mesures savantes et sages que l'on a pris pour les cerner; ce ci n'est malheureusement que trop constant.

(9)

La Capet. Ils me forceront bientôt à croire moi-même, que la France peut se soutenir et se gouverner sans un roi -- et une reine, mais ils ont donc un dictateur ou un protecteur ; c'est un seul homme qui tient les rênes du gouvernement ; sans cela il seroit impossible qu'il marchât avec un pareil ensemble. -- Il a surement droit de vie et de mort sur tous ses sujets.

La Dubarry. Rien de tout cela, c'est la convention qui gouverne par l'action des ministres et la loi qui punit ; il n'y a plus de sujets en France, il n'existe que des citoyens.

La Capet. La convention dis-tu , mais nous y avons acheté beau nombre de créatures.

La Dubarry. Hélas ! malheureusement elle s'est purgée de tous vos amis ; sans cela, n'y vous n'y moi ne serions ici , et actuellement nous serions déjà vengées , de ceux qui nous ont fait tant de mal , et qui ont eu l'impudeur de prononcer l'arrêt sacrilège , qui a privé de la vie votre auguste époux de triste mémoire.

La Capet. Comment ce-ci a-t-il pu s'opérer ? je ne saurais m'en faire d'idée, car dans le nombre de ceux qui nous étoient dévoués , plusieurs nous avoient faits prévenir qu'ils étoient certains d'être secondés par leur départemens, qu'ils les avoient travaillés en conséquence.

La Dubarry. Sans doute c'étoit bien leur intention et leur espoir, mais comme ils n'avoient établi la marche des départemens, que sur les bases mensongeres. Dès que ceux-ci ont été éclairés, ils sont revenus à l'instant de leur erreur, et se sont empressés de venir l'abjurer à Paris, où tous les députés ont trouvé un peuple de frères au lieu des assassins qu'on leurs avoit annoncé. --- Ils y ont prété ensemble le serment à la constitution, et le faisceau par cette dernière épreuve, et pour cette fois, semble s'être rességré d'une manière inaltérable.

La Capet. Il est inoui qu'ils puissent ainsi parer éternellement à tout. En vérité leurs maudits jacobins et leur commune de Paris sont bien perfides, pour l'exactitude de leur surveillance et leurs mesures révolutionnaires. Ah ! combien ils nous ont fait de mal ! cela ne se conçoit pas ! Sans eux cependant, la France séroit encore royaume ; et d'après ce que tu m'apprends à chaque moment, je ne cesse de la voir république pour long-temps.

La Dubarry. Et moi également, madame ; car cette montagne qui s'est formée dans la convention, et qui a déjà sauvé la patrie plus d'une fois et notamment par son explosion du 31 mai et jours suivans, est devenue le fanal de salut de tous les bons patriotes ; au moindre danger, tous les départemens ne cessant de s'unir à la convention nationale, ils ne périront jamais. Cette montagne est un véritable volcan ; mais dont les exploits toujours bienfaisans fécondent les campagnes, avivent les manufactures, portent la victoire aux armées et frappent en même temps et les traîtres et tous les préjugés qui, en asservissant le peuple, le lioient au trône et à l'autel. La postérité aura réellement de la peine à croire à la rapidité avec laquelle les députés actuels ont reconquis l'opinion égarée par les fédéralistes. Il falloit la vérité, la droiture de leur marche au vrai but et leurs travaux sans nombre, pour obtenir aussi promptement un semblable succès, c'est avec le plus amer des regrets, avec une sorte de rage, que je me vois, et devant votre majesté sur-tout, forcée de leur rendre cette justice douloureuse : mais j'ai vu, et il m'a bien fallu croire.

La Capet. Il ne nous reste donc plus que l'espoir de la banqueroute? Ah! pour celui-là, j'espère que tu ne saurois me le ravir, elle est infaillible.

La Dubarry. Malheureusement encore sur ce point, le retard de mon départ sur celui de votre majesté m'a fourni des données qui me font voir les choses à cet égard d'un œil bien différent, car, je vous avoue, que je suis convaincue que tous les gouvernemens coalisés contre la France feront banqueroute plutôt qu'elle, et je n'en excepte pas un seul.--En France, les biens des émigrés, les domaines nationaux et biens du clergé se sont vendus par-tout , deux et trois fois plus que leur estimation, ainsi voilà déjà beaucoup plus de capitaux réels que n'en exige la garantie de la caution des assignats émis en circulation : la révolution qui vient de s'opérer sur le culte produit en vaisselle et joyaux d'église plus d'un milliard effectif déjà rendu à la monnoie de Paris , et tout n'y est pas encore, mais tout y viendra : vient après cela l'impôt sur les riches, la confiscation que la loi prononce dans certains cas, comme le mien par exemple, même la déportation. --Tout cela fait une masse de richesses presqu'au-dessus du calcul, et qui ne permet pas seulement de penser au mot banqueroute pour la France. --Jugez, madame, avec de pareils moyens, une population énorme et inépuisable, une volontè unanime, des soldats tant qu'on en veut, car tout le monde l'est, des armes de toutes espèces, et en plus grande quantité que toutes les puissances de l'Europe ensemble, des manufactures d'ustensiles de guerre sans nombse et qui vont éternellement, jugez comment des gens comme cela peuvent être vaincus : il faudroit un second déluge universel pour les faire périr , encore je crois que les jacobins auroient l'art d'édifier un arche assez vaste pour y fourrer toute cette république de leur façon, rien n'est au-dessus de leur énergie et des forces que leur fait déployer au besoin leur brúlant patriotisme et les dangers de la nation. Une page de l'histoire de France depuis la révolution étonnera davantage, frappera de plus d'admiration, que l'histoire entière des sciècles depuis que le monde existe.

La Capet. Je ne sens que trop ces cruelles vérités, et j'en suis confundue : mais de grace n'en parlons plus, car tout cela me brise le cœur, et je crois que j'en deviendrai enragée. -- Ne pensons plus qu'à ta présentation à Proserpine, cette commission est du ressort de mon emploi.

La Dubarry. Je suis aux ordres de votre majesté, mais oserai-je lui demander avant, si j'en serai mieux accueillie que je ne le le fus par vous, lorsque j'eus l'honneur de vous être présentée par madame la comtesse de Béarn.

La Capet. Oublions tout cela, notre conduite et nos malheurs nous ont réunies pour jamais, ne pensons plus à ce qui s'est passé entre nous. -- Je vais dans deux mots te mettre au fait de l'usage, et je commence par te prévenir qu'une fois la barque à Caron passée, étant tous égaux ici, il ne faut plus avec moi te servir du titre de majesté, un doux penchant pour cette qualité si commode, ne m'a pas laissé jusqu'à ce moment la force de te donner ce petit avertissement, j'avois encore en t'écoutant la foiblesse bien pardonnable, de jouir de ton ignorance sur la coutume bizarre de ce lieu : mais cela y seroit suspect, et il faut céder au malheur que l'on ne peut empêcher, et te défaire, non-seulement de cette habitude, mais du moindre signe de respect.--- Il faut que tu me tutoye.

La Dubarry. Ceci ne me coûtera point, je ne suis point née très-respectueuse, et si je suis aussi prompte à prendre avec toi le ton qu'on exige, que je le fûs, d'abondance, avec ton vieux grand père, tu n'auras pas un seul reproche a me faire sur ma retenue ; elle n'a jamais été comptée au nombre de mes vices.

La Capet. Bon, à merveille, je suis contente de toi, et je vais actuellement te délivrer de toute inquiétude sur l'étiquette de ta présentation. -- Tu parais avec moi.-Je te nomme à la reine, on jette les yeux sur l'histoire de ta vie ; et comme ici les crimes de la haut sont des vertus, tu seras plus ou moins rapprochée de Proserpine, en raison de la qualité et de la quantité de ceux que tu auras commis. -- C'est à ce titre que j'ai supplanté d'emblée à l'emploi de furie favorite, qui est le plus célèbre, les Médicis qui l'occupoient depuis des siècles : mais mon histoire écrite avec de la boue et du sang les a frappés comme le faisoit autrefois la tête de Méduse, j'ai éclipsé sur-le-champ et elles, et les Frédégonde et les Brunehaut, et j'ai été proclamée à l'unanimité.

La Dubarry. Ceci n'étonnera personne,

et je suis fort aise d'être au fait du cérémo-
nial ; sa simplicité me convient fort, car je
n'ai jamais aimé beaucoup les façons, et je
les ai abrégées et fait abréger bien souvent à
l'intérêt de mon grand plaisir. --- Tu étois
aussi de même, à ce que l'on m'a dit, et ton
petit Trianon ne passoit pas pour le temple
du respect.

La Capet. C'étoit un délicieux séjour ; --
c'est-là où j'allois faire mes enfans : -- ou,
pour être plus vraie, m'en occuper sans y
penser ; -- mais, à propos, comment sont-ils
là-haut ? en avois-tu des nouvelles ?

La Dubarry. Ils sont toujours au Temple :
ton petit chante la carmagnole comme un
véritable petit citoyen : il crie au diable tous
les tyrans, *vive la république.*

La Capet. Est ' bien possible ! Ceci
éclaircit mon dout   j'étois dans l'incer-
titude si celui-là m'étoit venu, ou du duc de
Coigny , ou du duc de Dorset , ou de mon
grand héduc. Il me devient bien clair actuellement, d'après une inclination si basse, que
ce dernier en est le père. --- Quel dommage,
que cet enfant se tourne ainsi ! il étoit gentil
au possible , et d'une intelligence prématu-
rée : car, dans mon célibat forcé du Temple,
mes ennuis m'avoient déterminée à lui in-
sinuer quelques leçons de plaisir, qu'il avoit
saisi avec une telle ardeur, que je crains
d'avoir altéré son tempéramment : au reste,
s'il doit être citoyen, qu'il meure et meure
mille fois : je le préfère, et je crois que je

m'applaudirai même d'y avoir été pour quelque chose.

La Dubarry. Oh ! qu'elle est la fumée épaisse que je vois aux environs de ce fleuve, et qui semble avancer vers nous ?

La Capet. C'est Proserpine elle-même, entourée de ses ombres, qui vient de se promener sur le Stix, et qui, fatiguée de ne me point voir, vient sans doute à ma rencontre : il est inoui combien je l'enchante, quand je lui raconte tout le sang que j'ai fait répandre : elle ne peut plus se passer de moi. Elle trouve sur - tout extrêmement plaisant de me voir vuider le trésor de la France, pour le faire passer à Joseph II , et qu'ensuite, je l'engage à déclarer la guerre à cette même nation , dont je lui ai fourni tout l'or. La journée du Champ - de - Mars, celle du 10 août, d'autres encore dans ce genre , tout cela l'amuse encore un peu : mais elle préfère les grands tableaux, comme la guerre , que j'ai eu l'art de faire déclarer à presque toute l'Europe ; celle de la Vendée lui plaît aussi passablement. — Mais la voilà très-près : --- allons au-devant d'elle, et cessons de jaser.

Note de l'éditeur.

Que le diable les conserve éternellement.

A PARIS, chez G.-F. GALLETTI, Imprimeur du Journal des Lois de la République Française, aux Jacobins Saint-Honoré.